LES MÉMOIRES

D'UN RESSUSCITÉ

Chartres. — Imprimerie Durand frères.

LES MÉMOIRES

D'UN

RESSUSCITÉ

PAR

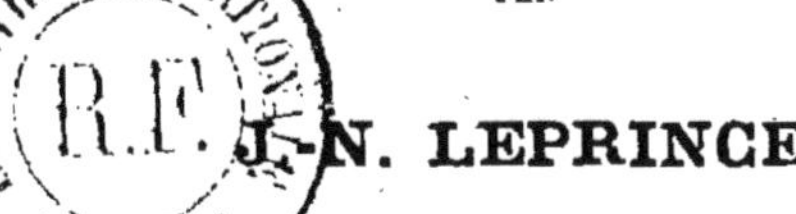

J.-N. LEPRINCE

A COURVILLE

A COURVILLE, CHEZ L'AUTEUR

Courville le 7 10bre 1876

Monsieur

D'après les renseignements que vous avez bien voulu me demander et dont je vous remercie, j'ai pensé que vous pourriez avoir besoin de mon petit livre, aussi je m'empresse de vous l'expédier. J'en ai fait imprimer très peu c'est pourquoi je suis obligé de les vendre ce prix là, seulement quand cette édition sera épuisée (ce qui ne tardera guère) je suis décidé à vendre le droit de réimprimer à un éditeur, toutefois si vous vouliez vous charger d'en vendre ou si vous connaissiez quelqu'un j'en ai à votre disposition.

Recevez Monsieur, mes salutations empressées.

Leprince

PRÉFACE

Vous pouvez critiquer, oui, critiquer ma lyre,
Oui, critiquer les vers que la nature m'inspire.
Mettez un écriteau, n'insultez pas mon nom ;
Je ne suis qu'un prince, un prince sans blason.
Si j'ai de la nature reçu le don sublime
D'un malheureux penseur qui ne fait rien qui rime,
Je n'ai point l'ambition de renfler mon trésor,
Car c'est par mon travail que je produis de l'or.
Je n'ai point fait de classes, ni reçu d'instruction ;
Je n'ai point étudié, je suis sans ambition.
Si j'ai pris ce sentier, oui, ce sentier aride,
Moi seul je m'y conduis, et j'y marche sans guide.
C'est dans mon atelier que ma muse m'inspire :
Las d'être tourmenté, j'ai fini par écrire !

MÉMOIRES
D'UN RESSUSCITÉ

LE TEMPS

Sondant la profondeur d'un gouffre et d'un abîme
Où les siècles s'écoulent comme s'épuise une mine,
Roulant de jour en jour dans son immensité
Et changeant tour à tour l'air et la société.
Dans ce flot ténébreux où s'écoule la vie,
Où le bonheur s'enfuit comme la vague en furie,
Où le vieillard blanchi s'incline vers la tombe ;
La jeunesse orageuse à tout âge succombe.
Tout disparaît du monde, la terre est éternelle,
Et le globe sans fin la couvre de son voile !

LA SURPRISE

Au milieu d'un festin, je me suis endormi ;
Ce fut pour mes enfants, hélas ! bien du souci,
Car ce sommeil de plomb m'a conduit à la tombe,
Et quand je fus frappé, ce fut comme la bombe,
Et la joie disparut au sein de ma famille.
J'étais veuf et n'avais qu'un garçon, une fille ;
Mon gendre seul enfin montrait peu de tristesse,
J'étais un roturier et lui de la noblesse,
Mais un noble ruiné qui venait se repaître,
Qui, chez un roturier, retrouvait le bien-être.
Mais, ne s'en doutant pas, j'étais de la partie,
Pour la première fois, j'avais perdu la vie.
On fit beaucoup de bruit, je vis tout sans reproche ;
On s'acquitta de tout et on sonna la cloche ;

Le curé du village me parut satisfait,
Demanda à mon gendre ce que j'avais fait ;
Enfin, pour notre église, lui disait-il, Seigneur,
Nous prierons pour son âme, car c'est un grand malheur !
Moi qui entendais tout et ne répondais rien,
Qui, depuis cinquante ans, travaillais pour le bien.
Le menuisier entra ; on me mit dans la bière,
Et pendant tout ce temps, dedans mon secrétaire,
Mon gendre regardait, riait de ma dépouille ;
De la cave au grenier, enfin partout on fouille,
Si bien qu'étant tout seul, je sortis du cercueil,
Et caché sous mon lit quand on portait mon deuil.
Le clergé arriva ; je me tenais le ventre ;
Enfin on aspergea, puis entonna un chantre.
Je sors de ma cachette et me mets sur un siége ;
Je vis le personnel qui suivait mon cortége.
Je réfléchis longtemps sur cette comédie ;
Ce que je voulais voir, c'était la tragédie.
J'avais, en bâtissant, fait faire une cachette,
Comme un Roger-Bontemps, chez moi, pas d'étiquette,
Et moi seul connaissais où était ce repaire ;
Enfin, je m'y blottis ; on revint du cimetière ;
Ma fille pleura longtemps, mon fils ne disait rien ;
Son mari la calma enfin, tout allait bien,
Quand le curé entra, suivi de son vicaire.
En entrant, le pasteur referma son bréviaire ;
On parla bien longtemps, je compris ce langage :
Le curé s'informa quand serait le partage.
Enfin, on s'inclina, et on allait descendre,
Quand arriva, enfin, je crois, c'était mon gendre,
Demandant au pasteur combien il était dû.
Le pasteur bégaya ; c'est alors que j'ai vu

Que ce noble ruiné n'aimait pas son beau-père.
Il fronça le sourcil, regarda le vicaire ;
Et pendant tout ce temps j'entendais, dans l'office,
Tous mes vieux serviteurs qui faisaient le service.
Le dîner était prêt, on vint se mettre à table ;
Il n'était plus question de moi : c'est regrettable.
Le silence continua pendant une minute ;
On parla d'intérêt : commença la dispute,
Et ma fille intervint, voulut calmer l'affaire :
Son mari la pria durement de se taire.
Mon fils lui répliqua avec persévérance :
— Mon père a toujours dit, et dans votre présence,
Que le domaine des bois qui borde le village
Serait pour son Léon, ainsi dans son partage.
— Mais où est ce partage, répliqua le baron,
Qui depuis le matin avait repris ce nom.
— Enfin, puisque la mort a surpris notre père,
Nous pouvons bien traiter pardevant le notaire.
— Moi je veux ce domaine, entendez-vous, Léon ?
Car de mes descendants, je garde le blason.
— Quoi ! de tes descendants, tu pourrais bien te taire,
Tu ne prononçais pas ce nom devant mon père,
Et depuis ce matin, ainsi, tout est changé,
Et je suis à tes yeux déjà un étranger...
Et c'est là ta noblesse : j'aime mieux ma roture.
Le baron, tout tremblant et blême de figure,
Tenait entre ses mains un grand couteau de table...
Moi, je me demandais de quoi était capable
Cet homme corrompu qui, malgré ses ancêtres,
Avait de son vieux père dissipé le bien-être.
Léon avait vingt ans, de forte corpulence,
Regardait son beau-frère avec indifférence.

Le baron était maigre, il était très-petit,
Il mangeait comme un ogre, et d'un grand appétit
Continua son repas et me parut plus calme ;
Moi, je ne croyais pas assister à un drame,
Quand Léon se pencha, et tout bas à sa sœur :
— Je crois que ton mari a un bien mauvais cœur,
Car depuis ce matin que notre pauvre père...
On pouvait bien attendre, pour arranger l'affaire...
Le baron se leva, tout écumant de rage :
— Je ne puis plus longtemps entendre ce langage !
S'élança sur Léon, le couteau à la main ;
Léon para le coup et s'empara du sien ;
Le baron recula de deux pas en arrière.
Léon voulait pourtant ménager son beau-frère,
La rage dans le cœur, le baron répliqua,
S'avança sur Léon et rien ne s'expliqua,
Sous la table roulèrent, comme deux malheureux ;
Mais Léon torturait le baron furieux ;
Ma fille évanouie dans un coin de la salle.
Et pendant ce moment, je soulevais la dalle ;
J'apparus comme une ombre, et leur crie : — Halte là !
En bonnet de coton, je leur dis : — Me voilà !
Et les deux combattants me regardent en face.
Je leur dis : — C'est bien moi ! quand nous fûmes face à
Le baron, stupéfait, ne voulait pas le croire ; [face.
Léon riait sous cape, disait : — C'est bien mon père.
Mais le baron, surpris de me voir apparaître,
Disait entre ses dents : — Ah ! tu vas disparaître !
Et s'avançant sur moi, comme pour me reconnaître ;
Mais mon fils était là ; il n'osa pas, le traître,
Car il m'aurait frappé de sa main meurtrière,
Lui qui aurait voulu que je fusse en poussière.

Ma fille se réveilla comme d'un long sommeil,
Heureuse de me voir vivant à son réveil.
Mon gendre a disparu, emportant ma cassette,
Car il m'avait tout pris, étant dans ma cachette.
Hélas ! depuis ce jour, je ne l'ai plus revu.
Où est cet homme ingrat, cet homme corrompu ?
Peut-être est-il à voir si je suis dans la tombe ?...
Ne vous avisez pas, vous, parents qui succombe,
De revenir un jour surprendre vos enfants,
Grands et petits, et tous vos descendants.
Ne sortez plus jamais, restez dans ce cratère,
Car vous n'avez plus rien à envier sur la terre.
Non, non, vous n'auriez plus où reposer vos têtes,
Et vous seriez chassés comme des trouble-fêtes.

UN SONGE

Le sommeil, le repos, non, ce n'est pas la mort ;
Souvent l'esprit voyage. Oh ! oui, je n'ai pas tort ;
Le corps anéanti, l'esprit bat la campagne.
Je portais un manteau du temps de Charlemagne,
Mon esprit peu craintif allait faire sa ronde,
Quand au cours de ma course errante et vagabonde,
Soudain, dans le chemin, un bruit se fait entendre.
Dans la sombre nuit, de peur de me méprendre.
Aussitôt je m'approche et vois un mort, tout seul,
Qui s'avançait vers moi, drapé dans son linceul :
— « Dis-moi, que viens-tu faire en ce lieu, à cette heure,
» Qui t'amène vers moi, où donc est ta demeure ? »
Mais j'ai cru tout d'abord qu'on voulait me surprendre,
Je quittai mon manteau, tout prêt à me défendre.
Mais alors il me dit : — « Approche, n'aye pas peur,

» Je vais te raconter, es-tu homme de cœur ?
» Qu'il y a soixante ans, dans ce lieu sinistre,
» Je fus, moi, fusillé par ordre d'un ministre
» Pour avoir, de ses plans, pénétré le secret ;
» Et ne dis jamais rien, sois toujours discret. »
Plus pâle que le spectre, ému, tremblant, surpris,
J'écoutais : — « Ton nom, es-tu de mes amis ?
» Moi, je voulais le droit ainsi que la justice,
» On m'a fait disparaître, et dans ce lieu sinistre,
» Là, perdu pour tojuours et oublié du monde,
» La nuit, souvent je sors et je fais ma ronde ;
» Et pour cause aujourd'hui, plus tôt que d'habitude,
» Tu le vois, je sortais de cette solitude.
» Non, non, rien n'est changé, je crois l'entendre encore,
» Car depuis ce matin, au lever de l'aurore,
» J'ai entendu passer au-dessus de ma tête
» Tout comme un roulement de violente tempête.
» Ah ! c'étaient des chevaux, des cavaliers peut-être,
» Mais certes des soldats que commandait un maître ;
» Puis un certain jargon du temps de nos victoires,
» Et j'ai cru du canon entendre le tonnerre...
» Serait-ce l'étranger qui envahit la France ?
» Où sont donc nos héros ? que je crie : Vengeance ! »
Ce squelette chétif, torturé de souffrance.
Quoique peu rassuré, je gardais ma distance.
— « Approche, me dit-il, approche et ne crains rien ;
» Tu vois, j'ai succombé pour avoir fait le bien ;
» J'ai combattu le traître aux dépens de ma vie ;
» Sur les champs de bataille j'ai vengé ma patrie.
» J'aimais la liberté dont les peuples sont fiers,
» J'ai traversé le monde au milieu des revers ;
» J'étais l'ami du peuple et voulais son bonheur ;

» Je voulais la justice, et ce fut mon malheur.
» De traîtres entouré, jaloux de ma présence,
» Je fus persécuté : ce fut ma récompense.
» Mais rien n'est donc changé, se reprit-il à dire ;
» Quoi ! seriez-vous encore gouverné par l'empire ? »
— Hélas ! depuis vingt ans, lui dis-je d'un ton calme,
Nous avons assisté encore à ce grand drame :
Aux fléaux de la guerre, aux révolutions,
Puis à la fusillade, aux déportations.
Nous avons l'étranger encor sur notre sol...
— « Jadis, à Friedland, ainsi qu'au pont d'Arcole,
» A toutes nos victoires sous notre République,
» Souvent pieds nus, sans pain, brisés par la fatigue,
» Devant nos bataillons fuyaient les étrangers ;
» Jaloux de nos victoires, ils fuyaient les dangers.
» Mais que s'est-il passé ? Les enfants de la France
» Sont-ils dégénérés ou tombés en enfance ?
» Les a-t-il donc trahis ou vendu leurs drapeaux ?
» L'égoïste aurait-il préparé leurs tombeaux ?...
» Au milieu des revers nous tracions le chemin.
» Ce que nous avons fait n'a donc servi de rien ?
» Et quand, à nos genoux, tremblait tout l'univers ;
» Ne vous souvient-il plus, enfants, c'étaient vos pères
» Qui ont versé leur sang dans cette vaste plaine.
» C'était votre avenir, oh ! qu'il vous en souvienne ! »
Et puis au même instant parut comme un éclair,
Un grand coup de sifflet a retenti dans l'air.
Aussitôt disparu, ce fut pour reparaître ;
Et quand il reparut je crus le reconnaître,
Ce grand homme de bien, de droit et de justice.
— « Si tu pouvais, dit-il, me rendre un vrai service.
» Je crains de m'abuser, la nuit est pourtant longue ;

» Mais que s'est-il passé ? Mon sommeil est un songe,
» Car depuis soixante ans que je suis dans ce lieu,
» Je ne suis que poussière, mais il a plu à Dieu.
» Dis-moi ce qui se passe, ce qu'on a fait, en somme ;
» Parle-moi du progrès ; dis-moi ce qu'a fait l'homme. »
— Mais depuis si longtemps que tu quittas ce monde,
Le progrès en tous lieux est la source féconde,
Et partout le travail a redoublé d'ardeur :
C'est ce qui fait la France dans toute sa splendeur.
Les monts sont aplanis ; on dévore l'espace
Au moyen de vapeur qui jamais ne se lasse.
Aussi cette machine, avec son gouvernail,
Porte par tout le monde le progrès, le travail ;
Libre dans son essor, cette locomotive
A son régulateur qui la rend attentive,
Et mugit comme un lion qui entre dans l'arêne,
Quand vient l'heure du départ du voyageur qu'elle traîne
Dans son élan suprême elle franchit la distance ;
C'est son poids gigantesque qui fait sa puissance.
Quand on la voit passer, grande et majestueuse,
Elle lance dans les airs son âme vaporeuse
Et parcourt à la ronde ainsi le genre humain,
Et convoque les peuples à se donner la main.
Fière de sa liberté, de son indépendance,
On la reçoit partout avec reconnaissance.
Je dis reconnaissance à ce progrès sublime,
Qui partout se répand et qui partout s'affirme,
Et s'empare de tout, même de la charrue.
Quand son sifflet sinistre retentit dans la nue.
Il était resté calme, aussi majestueux,
Fixé sur une étoile qui brillait dans les cieux.
— « Enfin j'ai tout compris, et tout cela s'explique ;

» Alors ce qu'on a fait, c'est pour le bien public...
» Oh ! ma belle patrie, oh ! toi qui m'es si chère !
» Victime du Destin, vous qui dormez, mon père :
» C'est pour la liberté dont le peuple est tant fier.
» Marchons ; réveillez-vous et sortez de sous terre !
» Ah ! si de leurs tombeaux sortaient ces grands génies,
» Que diraient-ils de vous voyant leurs ennemis ?
» Eux qui, sans s'occuper de tristes funérailles,
» Ont su braver la mort au milieu des batailles ;
» De leur voix sépulcrale ils diraient par le monde :
» — « Vous n'êtes plus nos fils ; nous rentrons dans la [tombe ! »
Et puis il disparut, disant : — « Bonne espérance,
» C'est à vous l'avenir : Dieu protége la France ! »

LE CHAMP DU REPOS

Voyez ce monument, emblême de la tombe ;
De moment en moment, c'est là que l'on succombe.
Chacun porte sa croix en passant sur la terre;
Chacun de nous a droit à ce champ funéraire
Ombragé de rameaux, de rameaux séculaires ;
Et nos enfants diront : C'est là que sont nos pères.
Dans le champ du repos, couverte d'un manteau,
Une mère à son fils dira près d'un tombeau :
— Là dorment tes ancêtres, enfant, sous ces rameaux,
Marche en courbant la tête ; regarde ces tombeaux.
Sous ce marbre scellé, là repose ton père.
Il ne faut pas pleurer, enfant, fais ta prière ;
Vois ce champ funéraire ; aux morts c'est le domaine;
Tout comme toi, mon fils, ils ont couru la plaine,

Tout comme toi, enfant, dans ce bosquet champêtre,
Ils ont cueilli des fleurs et couru à la fête.
Ils étaient jeunes alors, ils aimaient le plaisir;
Ils étaient beaux, bien faits, ah ! c'était à ravir;
Et quand leurs blonds cheveux flottaient au gré du vent,
Comme un rayon doré s'en allaient en chantant
Souvent les gais refrains du temps de nos ancêtres.
Ces hommes infatigables ont bravé les tempêtes;
Travailleurs énergiques dans cette plaine immense,
Ont défriché le sol dès leur plus tendre enfance,
Courbés sous les fardeaux par un soleil torride,
De leurs sueurs arrosèrent cette contrée aride.
Et pendant bien longtemps, pour combler la mesure,
L'arrosèrent de leur sang, enfant, je te l'assure.
Il n'est pas un épi, dans ce champ qu'on moissonne,
Qui n'ait couté, mon fils, la valeur d'un homme.
Le temps, grand moissonneur qui jamais ne pardonne,
Est venu les surprendre à la saison d'automne.
Il y a des mille ans, nous, enfants des Gaulois,
Aussi du temps des bardes et de nos premiers rois,
Toujours, de père en fils, plongés dans la nuit sombre,
Ainsi, le fer en main, nous creusâmes notre tombe.
On parle que César, fléau du genre humain,
Est venu dans les Gaules y tracer ce chemin.
Ce tigre couronné, qui, dans ces temps obscurs,
Était bardé de fer et recouvert d'armures,
Suivi de ses guerriers a conquis l'univers.
Ainsi, d'un pôle à l'autre, ont traversé les mers,
Semant partout ruine et désolation.
C'est pourquoi ce chemin, mon fils, porte ce nom.
L'exemple on a suivi, j'étais bien jeune encore;
Oh ! c'était un matin, au lever de l'aurore,

Dans ce vallon, là-bas, au pied de cet ormeau;
Tu vois ce toit de chaume, enfant, c'est mon berceau;
Tu vois ce banc de pierre, à côté de l'Eglise;
Ce jour-là un vieillard, à la moustache grise,
Racontait à mon père l'histoire de ses campagnes:
— Enfin, lui disait-il, tout en versant des larmes,
Nous avons guerroyé pendant plus de vingt ans.
O France! c'est ta gloire, mais où sont tes enfants?
Où sont ces généraux, ces hommes invincibles
Qui quittèrent leurs foyers pour servir de cibles
Au milieu des combats, au plein de la fournaise,
Haranguèrent les soldats : gloire à l'armée française!
A ce cri de victoire, redoublant de courage,
Comme des bêtes fauves, au milieu du carnage,
Egorgeant des enfants, des hommes inconnus,
La fleur de la jeunesse. Hélas! ils ne sont plus,
Tous ces pauvres enfants réclamant leur patrie,
Suppliant le vainqueur de leur laisser la vie.
Vieux soldats aguerris, nous étions inflexibles;
Aux râles des mourants nous étions insensibles.
Mais un jour de bataille, dans une prise d'armes;
Ce jour-là, mon ami, j'ai versé bien des larmes!
En traversant le camp, alors, un tout jeune homme
Recouvert d'un manteau, me dit : — C'est toi, Bayonne?
J'ai reconnu le fils de ce vieux châtelain
Tout couvert de blessures; il me tendit la main.
Ah! mon vieux, me dit-il, de nous on veut finir;
Regarde ces cadavres : c'est là notre avenir.
Tu crois que ces hommes travaillent pour notre bien,
Mais détrompe-toi, Bayonne, ce n'est pas le chemin.
Quand on aura broyé sur ces champs de bataille
Des milliers d'innocents, et fait des funérailles,

Enterré dans ce gouffre des hommes pleins d'avenir ;
Les rois se réjouiront : ça donne à réfléchir...
Je ne ne l'ai plus revu, hélas! depuis ce jour ;
J'ai réfléchi longtemps ; je réfléchis toujours
A ces bourreaux cruels qui planent tour à tour,
Ces oiseaux infernaux que l'on nomme vautours !

LA SAGESSE

Mais tu as donc vieilli : pourquoi cette sagesse?
Où sont tes chants joyeux et tes cris d'allégresse ;
Dors-tu du long sommeil? Pourtant tu n'es pas mort?
Mais pourquoi ce silence; avouais-tu ton tort?
As-tu, dans ta famille, et aussi d'âge en âge,
Toi et tes descendants fait un apprentissage?
Serait-ce le passé qui t'a fait ta leçon?
Tu sais ce que tu veux, et c'est là ta raison;
Pour les tiens et pour toi tu vois dans l'avenir;
Et si, par ta sagesse, on vient te le ravir,
Et si, de ton silence, il vient que l'on abuse;
Ce qui fait ton bonheur, on te le prend par ruse.
Eh bien, je sortirai du sein de ma famille,
Je parcourrai les champs, la campagne et la ville,

J'appellerai vers moi ainsi tous mes enfants,
Les grands et les petits, et tous mes descendants ;
Je leur dirai : — Allez, fuyez cette patrie ;
Fuyez ce sol ingrat qui refuse la vie.
Cherchez un autre asile, où gîte la vertu ;
Laissez là les ingrats et leur sol corrompu.
Comme un faible roseau, rentre dans ton marais ;
Souviens-toi que le chêne habite les forêts;
Et si tu veux la paix, habite les déserts,
Blotti dans une hutte et par delà les mers,
Le tigre tu verras, la pantère et le lion
Ainsi que les jaguars y vivre en bonne union.
Dans ce sable brulant, ingrat de sa nature,
On n'entend que le vent qui souffle et qui murmure.
Mais seul dans sa patrie, on peut y vivre en paix,
Et pour le vrai bonheur, on ne l'obtient jamais.

LE PASSÉ

Puisant dans le passé, cherchant dans l'avenir.
Mais rien que d'y penser, cela me fait frémir!
Que sont-ils devenus, eux, avec leurs grandeurs?
Ces grands du temps passé qui ont fait tant d'horreurs!
Et qu'ont-ils emporté, en quittant leur domaine?
Ah! rien que du mépris, et engendré la haine!
On en a souvenir comme absurde et trompeur;
Et pour leur infamie on a la rage au cœur.
On a devant les yeux ces donjons délaissés
Que le temps a détruit, qui tombent crevassés;
Là où l'oiseau de proie, ou corbeau, ou chouette
Viennent poser leurs nids, dévorent en cachette
L'inoffensif oiseau; comme leurs précurseurs
Dévoraient autrefois le fils des travailleurs.

Au pied de ces débris, venez avant l'aurore :
Le cri des expirants vous entendrez encore.
Ah! découvrez ces murs, vous verrez les cachettes;
Regardez dans ce trou : ce sont les oubliettes;
C'est dans ces profondeurs qu'on lançait autrefois,
Sans juger l'accusé qui réclamait les lois,
Femmes, enfants, vieillards, hélas! dont la présence
Nuisait à Monseigneur dans sa persévérance.
Descendez-y, enfants, vous y verrez vos pères!
Avecque leurs tyrans, ils sont dans la poussière.
Ah! c'était des martyrs, victimes d'ignorance;
Le peuple était encor tout à l'état d'enfance;
Ce serf qui de longtemps attendait sa clémence,
Un jour ouvrit les yeux, se mit sur sa défense,
Et muni de bâtons, car il était sans armes,
Recouvert de haillons et versant bien des larmes,
Invoqua le Seigneur, Dieu de miséricorde.
Le tonnerre aussitôt fit entendre son ordre.
Pour la première fois, le lion brisa sa chaîne,
Et son cercle de fer est sorti de l'arène,
Et d'un bond s'élança sur ses persécuteurs...
Tout écumant de rage, ainsi dans sa fureur,
Culbuta le passé dont nous voyons les ruines...
Il est des gens de bien qui en furent victimes!

RÉCIT D'UN VOYAGE

Dis-moi, toi qui as vu ces montagnes neigeuses,
Ces géants de granit aux âmes vaporeuses;
As-tu, de ces volcans, chaudières souterraines,
Vu les ascensions des laves aériennes?
Tout est silencieux dans ce recoin du monde,
Sur le sol étranger le voyageur abonde,
Contemplant la nature et sa fécondité.
Promenant son regard dans son immensité,
Le calme qui régnait dans ce pays fertile,
Troublé par le volcan, a désolé la ville,
Car son grondement sourd allait remuer la terre
Et dans quelques instants la réduire en poussière !
Le vent avait charrié des nuages bleuâtres,
Et l'oiseau inquiet, cessait ses jeux folâtres;

Le soleil se coucha dans son manteau de feu
Un sinistre courant traversait le ciel bleu;
Et la mer s'agitait comme avant la tempête;
Le matelot pensif, se découvrait la tête.
De minute en minute, de seconde en seconde,
De sourds gémissements, l'obscurité profonde,
Et le beffroi frappant son dernier coup sinistre.
La terre avait tremblé ; tout le monde était triste ;
La mer avait gonflé, envahissant les rues,
Et la vague en courroux s'élançait dans les nues.
Les amarres rompues, fracas épouvantable,
Et l'ancre avait cédé, avait brisé son câble.
Le volcan déchainé nous montre tous ses feux
Et lance en mugissant sa lave vers les cieux.
Les carrefours sont pleins de débris de victimes,
Et la cité n'est plus qu'un amas de ruines.
Et depuis bien des ans, les morts ensevelis
Sortent de leurs linceuls et semblent poursuivis...
Ces squelettes épars semblent veiller encore,
Et, tout en frémissant, ils attendent l'aurore !

LE CONVOI D'UN PAUVRE

Quel est donc ce convoi? Quel est ce chant funèbre?
C'est le convoi d'un pauvre, un artisan célèbre.
Il consacra sa vie, il a fait des chefs-d'œuvres;
Il était pauvre, hélas! on méprisait ses œuvres.
Sans cesse poursuivi, cet homme généreux,
Pour suivre son destin fut toujours malheureux.
Confiant dans l'avenir, il vivait bien tranquille;
Là où est la sagesse, est le plus bel asile;
Oubliant la fortune, ainsi que la grandeur,
De ces dons naturels savourait la douceur.
Payé d'ingratitude, être laborieux,
Personne ne pensa à lui fermer les yeux!
Sur un grabat fétide, on le retrouva mort;
On y vit un cercueil : c'était son coffre-fort.

Cet être abandonné n'était point corrompu;
Lui rendre on aurait pu ce qui lui était dû.
La cloche est muette, aussi rien ne se fait entendre,
Et sans faire de bruit, et sans se faire attendre,
On transporte son corps accélérant le pas.
Il était oublié, même avant son trépas,
Mais oublié du monde, et ne comptant sur rien.
Il n'avait qu'un ami : c'était son pauvre chien;
C'est cet animal seul qui suivait le cortége;
Le curé, le bedeau : c'est là son privilége;
Quatre pauvres en haillons servaient de corbillard
Tout seul de sa famille, car c'était un bâtard;
Mais peut-être était-il le fils d'un grand maître?
Héritier de son père, on aurait pu, peut-être,
Faire un peu plus d'honneur à cet homme de bien.
Hélas? ce pauvre diable, il ne possédait rien;
Il n'avait pas besoin de ce grand apanage,
Il laissait sur la terre ses vertus en partage...
Seul, errant dans ce monde, et soumis à nos lois,
On refuse à sa tombe la simple croix de bois!

LA CATASTROPHE

— Enfin, nous approchons de ce gouffre béant,
Lieu de désolation, tu le vois, mon enfant :
C'est le lieu du sinistre, et sur cette montagne,
Regarde ce vallon, regarde la campagne;
Vois où était ton père, où était ton hameau,
Où était ta chaumière, où était ton berceau!
Il ne reste plus rien, pas un fétu de paille ;
Pas même un arbrisseau, pas un pan de muraille?
L'avalanche a passé dans ces sinistres lieux;
La montagne a lancé ces flots impétueux;
Les nuages serrés comme dans une impasse,
Le torrent a fondu ses montagnes de glace,
Par la pluie torrentielle de ce mont déchaîné;
Et du toit paternel, enfant, tu fus chassé!

Ils goûtaient le repos: surpris dans la nuit sombre,
Rien ne fut épargné; chacun fuyait dans l'ombre;
En vain, cherchant à fuir par des points opposés,
Et glacés de terreur, ils tombent foudroyés.
Enfin, chacun s'épuise pour éviter la ruine!
Mais le vallon n'est plus qu'un gouffre, qu'un abîme
Tout couvert de débris dans sa vaste étendue;
Le torrent s'épaissit et monte vers la nue!
Sur des toits effondrés, affolés de terreur,
Femmes, enfants, vieillards, plongés dans la douleur.
Attendant du secours d'un sauveur impuissant,
Invoquant à genoux le maître tout-puissant!
Et l'éclair fend la nue, il sillonne l'onde,
Et le courant poursuit sa course vagabonde,
Emportant avec lui nombre d'infortunés,
Le torrent se remplit de cadavres glacés...
Sur ces bords empruntés par ces courants rapides,
Que de mères en pleurs, que d'hommes intrépides
Oh! que de dévoûment, de courage sublime:
Devant cet Océan, il faut que l'on s'incline!

L'IDÉE

Tout ce qui a paru reparaîtra un jour :
Lisez dans le passé ; vous verrez tour à tour
Que l'homme de progrès pour le moment succombe !
Il a pour son génie ou l'exil ou la tombe ;
Mais ce qu'il a semé, lui devenu poussière,
Sort un jour des bas-fonds et fleurit sur la terre ;
Car le germe a produit de nombreuses racines,
Bien qu'il ne fût semé que parmi les épines.
Mais quand il reparut, des hommes, avec lenteur,
De ces germes nouveaux mesurent la grandeur.
Et ces hommes nouveaux, munis de la balance,
En prennent le niveau pendant que le silence
Règne dans les profondeurs de la masse féconde,
Pendant que l'on gémit dans le silence, on sonde.

Que d'hommes ont disparu pour une idée sublime!
Que de familles en deuil! Et le progrès domine,
Et depuis dix mille ans, on pourrait dire et plus,
On marche lentement ; les hommes ont disparu ;
Les hommes ont disparu ; aussi la bête fauve,
Le vieillard aux pieds nus et à la tête chauve,
Le traître, l'homme de bien, l'agneau et le chacal,
Au génie la statue, aussi le piédestal.
Il n'est resté debout que des ruines éparses,
Des Gaulois, des Romains, des restes de cuirasses...
L'idée a prévalu, seule est restée debout;
A l'infini, l'idée, c'est le progrès en tout;
Elle s'infiltre en tous lieux, et malgré l'oppresseur,
Quoique mal accueillie, elle est le fondateur...
L'idée, c'est le flambeau qui éclaire en tous lieux;
Elle est surnaturelle, car elle vient de Dieu!

SUR LA GUERRE

Du canon, on entend les échos dans les plaines !
Soldats ! c'est l'ennemi qui couvre nos domaines !
Du courage, marchons, que rien ne nous arrête !
Si nous devons mourir dans ce jour de carnage,
Chacun par son courage,

De ce fier tyran aura vengé sa tête !
Le choc fut terrible ! Chacun, par sa valeur,
Disait : il faut mourir, mourir au champ d'honneur !
Broyés par la mitraille et l'infériorité,
Sur ce champ de bataille et après tant d'exploits,
Pour défendre nos droits,

L'honneur de la patrie et notre liberté !
La terre était jonchée de cadavres sanglants;
On ne trouva que morts, et blessés, et mourants.
Le peu d'hommes vivants soutenaient la retraite,
Dans ce jour de défaites reculaient pas à pas ;
Ils bravaient le trépas :

Tout à coup retentit le son de la trompette,
Un murmure de haine, et non de défaillance,
Retentit dans les rangs : c'est le cri de vengeance !
Lanciers et cuirassiers, chevaux, couvrent la terre,
Et ces hommes intrépides, dans un élan suprême,
Ils ont brisé la chaîne !

De leurs bouches sanglantes, ils mordent la poussière !
Que de cris déchirants, mais la haine profonde,
La terre est ébranlée par le canon qui gronde,
L'élément en furie retentit, le tonnerre :
Pour éclairer la mort vient briller l'arc-en-ciel !
Serais-je dans le ciel ?

Après tant de combats, se gouverner en frères !...
Pensant à ses aïeux, un vieillard intrépide
Se releva soudain, le front pâle et livide,
Promenait son regard sur ce champ funéraire,
Et d'un œil attentif, il sondait l'horizon :
Il vit dans le vallon
Le czar aux cheveux blancs raconter sa victoire !

LE FORT ET LE FAIBLE

Je franchis les degrés de ce mont aride ;
Comme un fougueux coursier, je suis intrépide,
Et sur ce mont brûlant, je découvre la plaine :
Que de troupeaux aux champs ! A qui est ce domaine ?
Il est à toi, mouton, à qui on tond la laine ;
Il est à toi, agneau, que le vieux loup enchaîne ;
Et quand, du fond des bois, cet animal féroce,
S'élance, mugissant, et te saisit de force,
Et t'emporte, en pleurant, au fond de sa tanière !
Quoique nombreux aux champs, et tu n'as pas un frère
Pour barrer le chemin et se mettre à la piste
De ce vieux loup trompeur, ah ! que c'est triste !
Je détourne la tête et je vois la colombe
Que poursuit le vautour ; je la vois qui tombe !

Puis les petits oiseaux qui planent dans les cieux,
Fiers de leur liberté, hélas ! qu'ils sont heureux !
Mais s'avance à tire d'ailes un oiseau de passage
Qui se tenait blotti à l'ombre d'un nuage ;
Fier de son envergure, et tout en fendant l'air,
Au milieu des petits parut comme un éclair.
Il croyait les bloquer comme dans l'impasse,
Mais c'était l'hirondelle qui dévora l'espace.
Et au même instant parut dans le lointain :
C'était une armée qui était sans butin,
S'avançant en bataille, jetant le cri d'alarme !
Mais ces petits oiseaux étaient pourtant sans armes,
Mais en rangs bien serrés ; c'était comme un nuage ;
Des milliers de hourra criaient dans leur langage.
On cerna le tyran, car c'était le vautour,
Force de coups de becs est conduit à la tour ;
Puis on bloqua le trou qui était dans la ruine,
Si bien que le tyran mourut par la famine.
Le temps était calme, le soleil radieux ;
Campé comme l'Hercule à l'air majestueux.
J'admirais de ce point ce qu'a fait la nature,
Quand de nouveaux hourra ! Je changeai de posture ;
Dans l'espace j'aperçus ce vieux corbeau du Nord,
Animal vorace, s'il ne dort pas, il mord :
C'était le vieil ami du célèbre vautour ;
Il venait de bien loin en visite à la tour.
Mais il fut bien surpris de trouver dans la place
Un régiment nombreux de cette populace...
Il rebroussa chemin, et à son air piteux
Il faisait peine à voir : il me parut bien vieux.

LES BIENFAITS D'UN VIEILLARD

Il reparut après la tempête,
Ce bon vieillard, couronné de fleurs.
Aux cheveux blancs qui ornent sa tête,
De sa patrie il vient sécher les pleurs.
Il a grandi au sein de notre France :
Puisse-t-il encore retrouver le bonheur !
A son génie on doit reconnaissance,
Son souvenir est gravé dans les cœurs !
Gardons son souvenir,
Nous, enfants de la France!
Vivons dans l'espérance :
C'est à nous l'avenir !
O ma belle patrie,
Nous te verrons encore
Dans tes beaux jours d'aurore ;
Nous te verrons encore,
Quoique tu fus meurtrie!

Quand, un matin, au lever de l'aurore,
Plane sur son front calme, radieux :
On le croirait tout jeune encore,
Et cependant il est déjà bien vieux ;
Mais dans son cœur, où règne l'espérance,
De sa patrie, il rêve le bonheur!
A son génie, on doit reconnaissance :
Son souvenir est gravé dans les cœurs;

Mais il est le trophée de l'histoire.
Lui qui avait prédit tous nos revers.
Aux potentats qui rêvaient la gloire,
Morts à l'exil et au-delà des mers!
Mais à son roi il doit reconnaissance,
A sa patrie il sacrifie son cœur !
A ses bienfaits, à sa persévérance :
Son souvenir est gravé dans les cœurs

Et sur lui se fondait l'espérance,
Ce grand tribun, ce conciliateur,
Lui qui avait rétabli la confiance
De l'industrie ; il aimait la grandeur.
Mais des ingrats, jaloux de sa puissance,
Jugèrent enfin d'agir en oppresseurs...
Pour ses bienfaits et sa persévérance,
Son souvenir est gravé dans les cœurs!

LE SECRÈT D'UN AMI

— Ah ! mon ami, me disait un vieux père
Que ses enfants avaient abandonné,
Je suis vieux et puis dans la misère ;
Je n'ai plus rien : je leur ai tout donné.
Et maintenant qu'ils sont dans l'aisance,
Ils fuient de moi comme d'un condamné :
Garde-toi bien de trop de confiance ;
Consulte-toi avant que de donner.

Tu te souviens que dans notre jeunesse,
De nos parents nous fûmes abandonnés.
Et cependant, pour eux, dans leur vieillesse,
Nous étions bons : nous les avons soignés ;
Et pour moi, voilà la récompense ;
De mes enfants je suis abandonné :
Garde-toi bien de trop de confiance ;
Consulte-toi avant que de donner.

Par mes travaux et ma persévérance,
J'avais acquis le seul morceau de pain
Qu'un travailleur, au prix de sa confiance,
Précieux trésor que les vieux ont besoin.
Chez mes enfants le luxe et la dépense,
Pour leur avenir je leur ai tout donné.
Garde-toi bien de trop de confiance :
Consulte-toi avant que de donner.

De mon bon cœur je suis la victime,
Pour faire le bien j'ai tout sacrifié ;
De mes amis j'ai voulu être digne ;
Moi je n'ai rien à me reprocher.
Cette leçon a bien son importance :
Gardez pour vous avant que de donner.
Quand on est vieux on a besoin d'aisance ;
Quand on est jeune on peut bien travailler !

LA PERCHERONNE

Ah! beau Perche fleuri, hélas! ou tout abonde,
Loin de toi je m'ennuie, je sens que je succombe
Dans de pays chéri que la nature féconde.
Dans ces jours de printemps et ces coteaux charmants,
On voit sur ces montagnes les moutons bondissants
Ces gamins des campagnes qui s'en vont en chantant.

O beau Perche fleuri
O bosquet qui fut mon berceau,
Je revois ma prairie
Ma patrie que ton séjour est beau.

On voit dès le matin et à perte de vue,
Tous ces coteaux lointains se perdre dans les nues
Puis ces champs, ces vallons et le bruit des charrues.

Et ces gros bœufs haletants qui beuglent en labourant,
Et puis dans la vallée ces ruisseaux serpentant,
O belle matinée que j'ai vue tout enfant.

On voit de vieux châteaux et de vieilles tourelles
Où le nid des oiseaux, celui des tourterelles,
Ah! c'est là le berceau où ces jeunes hirondelles
Font leurs nids au printemps et planent sur nos champs.
Puis on voit sur la crête du coteau des enfants
Qui jouent de la musette et qui disent aux passants.

Dans ces bosquets charmants on entend la fauvette,
Du rossignol le chant, le cri de l'alouette ;
Et puis se promenant, le vieux garde champêtre,
Et le seigneur chassant dans ces bois ondulants,
Et puis sous le vieux chêne la mère et ces enfants,
Le pâtre qui emmène ses moutons en chantant.

Le dimanche au matin dans ces belles collines,
On voit dans le chemin le percheron qui chemine
Et puis dans le buisson cueillir la blanche épine,
Et aller au saint lieu offrir son âme à Dieu;
Et le soir à la fête, au son du violon
Danser sous le vieux hêtre et chanter la chanson.

LA MARSEILLAISE DES TRAVAILLEURS

Unissons-nous donc travailleurs,
Il ne faut plus de concurrence,
Dans l'union est le bonheur
Nous en ferons la différence;
Puisque par nos bras nous faisons
Le bonheur de toute existence,
Nous serons les premiers jalons
Partout renaîtra la confiance.

Le travail c'est le bonheur de l'homme,
C'est la clé du trésor,
C'est par le travail que l'on fait l'homme
Et pas en semant de l'or.

Dans le travail nous trouverons
Les chants et la philosophie,
Le bonheur c'est que nous aurons
Tout ce que la nature envie;
De nous ne soyez pas jaloux
Car tout ce qui travaille prie,
Nous n'irons plus à vos genoux
Le passé nous fait plus envie.

Mais nous trouverons le moyen
De transformer notre patrie,
Et de rendre au genre humain
Toute son ancienne énergie,
Par le travail nous obtiendrons
La régénération entière,
Et sous peu de temps nous aurons
Conquis nos droits, notre frontière.

Alors la France sortira
De son sommeil de léthargie,
Et la trompette sonnera
Le réveil de la patrie;
Riches et prolétaires s'uniront
Pour célébrer la renaissance,
Et tous ensemble ils crieront :
Bravo! bravo! vive la France, vive la France.

LA FILLE DU NOUVEAU MONDE

Toujours penchée sur le bord de l'abîme
Je regardai la France avec douleur,
Tombeau des rois qui ont semé la ruine
Ce gouffre béant qui glace de stupeur;
Mais trop jeune pour entrer dans l'arène,
O ma patrie, mon séjour, mon bonheur;
Le jour viendra, je briserai ta chaîne
Console-toi, je serai ton Sauveur.

Je suis la fille de Colomb,
C'est moi la fille du nouveau monde,
Malgré la mitraille et la bombe
Je viens seule et je ne crains pas.
Je suis la liberté féconde
Je suis le droit pour tout le monde,
Malgré la mitraille et la bombe
Je viens seule, et je ne crains pas.

C'est moi qui suis partout la souveraine,
C'est moi, France, qui viens sécher tes pleurs,
C'est moi aussi toute seule dans l'arène
Et contre trois de ces gladiateurs
N'ayant pour armes que droit et justice,
Je ne crains pas le glaive de ces trompeurs,
J'ai mon épée cachée sous ma pelisse
Mais console-toi je serai ton Sauveur.

Je plane partout sur l'étendue du monde
Malgré les trônes et tous les oppresseurs,
Je sème aussi cette graine féconde
Qui donne la liberté à tous les cœurs.
Ils puiseront dans ma source profonde
Le droit pour tous qui fait le vrai bonheur,
Tour à tour la fille du nouveau monde
De nos foyers chassera l'oppresseur.

LE CHÊNE ET LE ROSEAU

Tous ces géants à la tournure fière
Car de leurs cimes menacent les cieux,
Rois des coteaux ils cesseront de l'être
Car la nature à des temps capricieux.
Faible roseau, oserais-tu paraître,
Toujours tu plies et tu ne casses pas
Mais l'ouragan peut foudroyer ces maîtres,
Du marais tu es roi et toujours le seras.

Dans la nuit sombre et malgré la tempête,
Tu te redresses sur ton front radieux
De la nature tu connais le bien-être.
Car de ses soins tu parais tout joyeux.

Quoique petit à ces grands tu tiens tête
Car si tu plies du moins ne casses pas,
Car l'ouragan peut foudroyer ses maîtres
Du marais tu es roi et toujours le seras.

Mais quand viendra la saison de l'automne,
Tu les verras cesser de reverdir;
C'est toi petit qui tresses la couronne
A ces têtes chauves que tu verras finir.
Faible roseau c'est toi qui es le maître,
Toujours tu plies et tu ne cèdes pas,
Car l'ouragan peut foudroyer ces maîtres,
Du marais tu es roi et toujours le seras.

Et sous le poids des misères de ce monde
Tu obéis à un Dieu tout-puissant,
Et tu restes ici en attendant la tombe
Aussi la mort te prendra en passant.
Faible roseau devant elle tu t'inclines
Rassure-toi ton tourment est fini,
Tu n'auras plus la couronne d'épine
Mais pour bien d'autres cela n'est pas fini.

4

L'ARTISAN GÉNÉREUX

Artisan c'est toi qui travailles
Et jamais tu n'amasses rien,
Souvent tu couches sur la paille
Quelquefois tu n'as pas de pain.
Pendant que le temps se déroule,
L'avare accapare le bien;
Souvent ton sang, ta sueur coule,
Non, non, jamais tu n'auras rien
Le lundi bannit ton chagrin.

Du lundi c'est pour toi la fête,
Tu te livres à tes chants joyeux,
Pourquoi te tourmenter la tête,
Tu passes-là un jour heureux,

Pendant que le temps se déroule.
Si tes enfants n'ont pas de pain
Mais tout se perd dans la foule;
Non, non, jamais tu n'auras rien
Le lundi bannit ton chagrin.

Tu ris de celui qui te raille
Pourtant c'est toi qui le soutient,
Car c'est pour lui que tu travailles
C'est toi qui lui gagne son pain.
Pendant qu'en carrosse on le roule
Assis sur un moëlleux coussin,
Souvent ton sang, ta sueur coule,
Non, non, jamais tu n'auras rien
Le lundi bannit ton chagrin.

Souvent quand de la tyrannie
Sous son joug nous ferme les yeux,
Tu ne crains rien, offres ta vie
Le travailleur est généreux.
Pendant que sous le plomb tu roules,
Ton enfant devient orphelin;
Ta mort fait qu'un trône s'écroule,
Non, non, jamais tu n'auras rien
Le lundi bannit ton chagrin.

C'est donc sur toi, pauvre victime
Que retombe tout le malheur;
De travailler c'est donc un crime?
Non, non, moi je m'en fais honneur.

Pendant que sur un char on roule
Le paresseux, le libertin,
Toi, travailleur, on te vérouille,
Non, non, jamais tu n'auras rien
Le lundi bannit ton chagrin.

C'est ainsi que coule ta vie,
Toujours de tourments en tourments
La terre n'est donc point ta patrie,
Ton séjour est le firmament;
C'est là que tout le monde roule,
Le riche, le pauvre et l'homme de bien,
Tout disparaît de cette boule,
Non, non, jamais tu n'auras rien,
Le lundi bannit ton chagrin.

LA LIBERTÉ

Je suis bien vieux, je vais quitter la terre,
Je meurs heureux, gardez mon souvenir ;
J'ai fait le bien en soulageant mes frères,
Je ne crains rien et je suis prêt à partir.
De travailler pour le pauvre en ce monde
C'était mon droit, c'était ma liberté.
De mes aïeux j'ai prié sur la tombe
De mon pays chantez la liberté.

Dans ma jeunesse, en parcourant le monde,
J'ai vu partout l'intrigue et le flatteur.
Pour me tirer de cette foule immonde
J'ai travaillé car c'est là le bonheur ;

J'étais heureux en restant dans ma sphère
C'était mon droit. Chantant la liberté
J'ai fait le bien en passant sur la terre
De ma patrie, chantez la liberté !

Dans les combats pour le droit l'on succombe
Sublimes héros, dormez dans le cercueil
Dormez en paix, reposez dans la tombe,
Enfants chéris j'ai porté votre deuil
J'ai déploré les misères du monde
Et du proscrit chanté la liberté.

Rien qu'une fleur déposez sur ma tombe
De ma patrie, chantez la liberté !
J'ai rencontré partout l'homme égoïste
Cherchant partout comment puiser de l'or,
Hommes sans frein qui toujours à la piste
Foulant aux pieds les droits pour les trésors...
Je les ai fuis rentrant dans ma chaumière
C'était mon droit, c'était ma liberté,
J'ai travaillé pour fonder le bien-être
De ma patrie, chantez la liberté !

LES BORDS DE L'HUISNE

Près d'un vieux château sur les bords de l'Huisne
Est un cabaret au bord du chemin,
Enseigne au bon vin et bonne cuisine
Joyeux rendez-vous du soir au matin.
Dans cette vallée qui vous enchante
Un jour de printemps, oh ! joyeux festins
Sous ses bords fleuris, oh ! soirée charmante
Nous chantions en chœur nos joyeux refrains.

C'était le bon temps, joyeux quand j'y pense
Là j'ai bien souvent banni mon chagrin;
Elle avait bon cœur la grand'mère Hortense
Chez elle à plein broc on tirait le vin.
Dans cette vallée qui vous enchante
Un jour de printemps, oh ! joyeux festins,

Sur ses bords fleuris, oh! soirée charmante
Nous chantions en chœur nos joyeux refrains.

La mère Bontemps était cuisinière,
Quand elle nous faisait sauter un lapin,
Elle aimait bien rire et n'était pas fière
Dans son temps gentille et le savait bien.
Dans cette vallée qui vous enchante
A plus d'une fois banni ses chagrins,
Sur ses bords fleuris, oh? soirée charmante,
Nous chantions en chœur nos joyeux refrains.

Il y a bien longtemps, c'était un dimanche,
Quand un bon vieillard y entra soudain,
C'était le mari de la mère Hortense
Que l'on croyait mort il se portait bien.
Dans cette vallée qui vous enchante
On versa des pleurs de joie, de chagrin,
Sur ces bords fleuris, oh! soirée charmante
Nous chantions en chœur nos joyeux refrains.

On revoit encore la tour écroulée
De ce vieux manoir du temps d'autrefois,
Et le cabaret qui dans la vallée
Dont le souvenir ne se perd jamais.
Dans cette vallée qui vous enchante
On entend encore les échos lointains,
Sur ses bords fleuris, oh! soirée charmante,
Nous chantions en chœur nos joyeux refrains.

LA FLEUR PERDUE

Petite fleur perdue dans ces parages
Le beaux printemps va donc sécher tes pleurs,
Pourquoi es-tu cachée sous ces feuillages
C'est ce qui donne ces pâles couleurs.
Si dans l'oubli tu n'as pas de caresse
C'est le destin qui garde ta fraîcheur,
Aussi tu ris de ces roses princesses
Qui tous les jours perdent leurs couleurs.

Cachée dans l'ombre sous ces feuillages
Tu ne crains pas le rôle de ces trompeurs,
Tu sais combien ces oiseaux sont volages
Car c'est leur nid que tu garnis de fleurs.
Dans le silence tu vois leurs caresses
Et bien souvent entends verser des pleurs,
Aussi tu ris de ces roses princesses
Qui tous les jours perdent leurs couleurs.

Ainsi parlait dans son petit langage
Celle qui garnit ce bosquet enchanteur,
Et quand l'automne fait tomber le feuillage
Dans l'ombre on voit cette petite fleur
Souriante et belle que la brise caresse
En ce moment elle rit d'un bon cœur,
Car elle a vu toutes ces roses princesses
Qui ont perdu toute leur fraîcheur.

L'ENFANT PERDU

Comme une ombre je passe en ce monde
Moi pauvre sans être aperçu,
Et autour de moi le riche gronde,
Ah ! ce n'est rien cet inconnu,
C'est un mendiant, c'est la paresse,
D'autres, c'est un enfant perdu,
Suis-je l'enfant d'une comtesse ?
Je suis le fils de ceux qui m'ont perdu.

Au coin d'un bois dans la campagne
Je fus trouvé presque tout nu,
Un pauvre habitant la montagne
Me prit, et je fus secouru ;

Prit soin de moi dans ma jeunesse,
Grandissant chez cet inconnu,
Mes parents en vain je les cherche,
Mais je suis seul pauvre enfant perdu.

Hélas! la passion vous entraîne,
Vous êtes hommes et corrompus,
Et malgré le nœud qui nous enchaîne
Vous fuyez de moi tout éperdus,
M'abandonnant dans la campagne
Car vous savez ce qui m'est dû;
Et vos enfants peuplent le bagne
C'est là le sort du pauvre enfant perdu.

Dans vos festins, hélas! tout abonde,
De vices vous êtes perclus,
La passion chez vous est féconde
La conscience ne parle plus.
Peu vous importe ma détresse,
Vous gardez tout ce qui m'est dû,
Vous êtes sans délicatesse
Vous oubliez le pauvre enfant perdu.

Heureux celui qui d'une mère
A su connaître la douceur,
Et les caresses d'un bon père
Enfants, c'est là le vrai bonheur.
Rendez-les leur dans leur vieillesse,
C'est un bienfait qui leur est dû,
Moi, pauvre enfant dans ma tristesse
Que je maudis ceux qui m'ont perdu.

LE SERIN MORAL

Petit serin prisonnier dans ta cage
A ta maîtresse chante ce refrain.
Il ne suffit pas toujours d'être sage
Pour être heureux il faut faire le bien.
Il nous disait dans son petit langage,
De vos trésors vous n'emporterez rien
Pour fortune je n'ai que mon plumage,
Toujours je chante et je me porte bien.

Ah ! si je pouvais sortir hors ma cage,
Pourtant de moi ma maîtresse a bien soin,
Il est des pauvres honteux dans ce village.
Qui bien souvent chez eux n'ont pas de pain.
Riche blasé qui roules en équipage,
Si tu voulais il t'en coûterait rien,
Tu visiterais ces malheureux ménages,
Et tu ferais leur bonheur et le tien.

C'est à vous tous gros oiseaux du bocage,
Écoutez-le donc ce petit malin,
Toi qui te rengorges dans ton plumage
Mais sur ton bec on y voit le chagrin.
Tous ces vautours ne sont pas de passage,
Un jour viendra ils ne seront plus rien,
Pourtant c'est l'aigle qui est le plus vorace;
Petits oiseaux de lui gardez-vous bien.

LE RENARD ET LA CIGOGNE

Un renard rôdant le hameau
Disais je fais carême,
Regardez donc sur mon museau
Comme j'ai le teint blême,
Il faut trouver un moyen
Je vais chasser le lapin.
Mais, tant pis pour la cigogne
Pourvu que mon ventre soit plein;
Peu m'importe qu'elle jeûne!
Pourvu que je sois bien.
Le renard est un fin fin,
Tant qu'il peut il s'en donne,
Il s'assemble, s'entend bien;
Pas toi pauvre cigogne

Tu dis toujours ce refrain :
Mes petits n'ont pas de pain.
Le renard devient méchant,
C'est quand l'hiver arrive,
Il dit au petit mendiant:
Dans l'été tu t'enivres,
Moi, j'ai conservé ma peau,
Ton plumage n'est pas chaud.
Voyez donc ce vieux renard
Blotti dans sa fourrure;
Celui-ci c'est un gaillard
Regardez sa tournure,
Dans le poulailler voisin
Il a su faire son butin.
Pauvre cigogne tu vois bien,
Comme ce renard est large
De ton langage ne veut rien
Pas plus que de ton plumage,
Tu as beau crier tout haut
Je le dirai au corbeau.

LA CIGALE ET LA FOURMI

— Fourmi, bonjour, ma commère;
Je viens donc vous visiter.
Le temps n'est pas chaud, ma chère :
Je crois qu'il va geler.
J'ai chanté tout l'automne :
Tu as dû être enchantée?
Je suis généreuse et bonne,
Je chante la liberté !
Vous avez chanté, ma chère,
L'automne et le printemps.
Moi j'ai travaillé la terre
Pour nourrir nos enfants.
En vous je n'ai pas confiance,
Vous m'avez déjà trompée.

Je ne donne rien d'avance.
Maintenant, dansez, chantez!
J'ai un château, un domaine,
Et, dans ma haute futaie,
Tout l'été je me promène.
Je suis la cigale-fée!
Tu verras ta fourmillière,
Si tu ne m'obéis pas.
Je travaillerai sous terre
Et tu ne me verras pas.
Jour et nuit, moi je travaille
A consolider mon toit,
J'ai le droit pour muraille
Et je suis autant que toi.
Je ne suis pas la cigale
Et je ne sais pas chanter;
Je m'appelle le travail
Et je suis la liberté!

LES SOLDATS DE SEDAN

Ils étaient deux cent mille :
Pas un ne recula !
Vieux soldats et mobiles,
Car l'honneur était là !
Comptant sur leur courage
Et marchant à la mort
Au milieu du carnage,
Car c'était là leur sort !

REFRAIN

Tu souffres de vengeance ?
Patience ! le jour viendra.
Vous, enfants de la France,
Votre père vous dira :
Vengeance ! Vengeance ! Vengeance !

Ils entrent dans l'arêne
Bondissant comme des lions ;
La mêlée est extrême
Au milieu des légions.
Ce n'est plus une bataille :
C'est un égorgement!
Le plomb et la mitraille ;
O France! tes enfants !

C'était une fournaise
Et un gouffre écumant,
Car notre armée française
Ne recule d'un instant.
Mais broyée par le nombre
De loin on voyait fondre
Tous ces beaux régiments.
Lanciers, cuirassiers tombent :

C'est un effondrement!
Les boulets et les bombes
Font des trous étonnants...
On sonne la retraite :
Personne ne l'entend !
La moisson était faite :
O France, souviens-t'en !

MON BERCEAU

J'étais dans mon berceau, chez ma bonne grand'mère,
Le jour de ma naissance, c'est en mil huit cent vingt,
Vint une bonne vieille, courbée par la misère ;
Mon père était absent, ne sut ce qu'il advint :
Cette fée a prédit, quand elle me vit paraître,
Que ce serait le grand juge qui serait mon parrain;
Aussi que la marraine allait sous peu paraitre.
Elle dit : — pour cet enfant, hélas ! ne craignez rien !
C'était deux ans plus tard, de retour, la vieille,
Elle revint me voir en chantant sa chanson ;
Surprise, elle s'écrie : — Qu'il est rose et vermeil !
Non, non, rien n'est changé : un prince sans blason ;
Aussi, dans le travail il trouvera sa gloire,
Et du pauvre vieillard, il sera le soutien ;
Et de nos grands malheurs, il racontera l'histoire,
Et seul, sans instruction, il prêchera le bien !
Enfant, tu vieilliras au sein de nos misères !
Elle me dit, la vieille, mais d'un ton peu flatteur :
— Et aussi tu verras le foyer de tes pères
Souillé par l'étranger, ce grand profanateur...
Clouée au pilori, elle secoua sa chaine,
Je crois entendre encore son cri de liberté...
Enfant, dans mon berceau, j'ai, connu cette reine,
Cette reine du monde de la fraternité !

LA GUITARE

Vous connaissez ce vieillard qui passe?
Son instrument lui est peu familier,
Moi, je l'ai vu occuper une place,
Il y a longtemps, dans un bon atelier.
Il était bon ; c'était pour nous un père ;
Puis il vieillit, et ne possédait rien ;
Il gagnait peu, vivait de son salaire.
Honteux pour vous d'y voir tendre la main !
Vous entendez le son de sa guitare,
Vous, opulents, qui vivez de sa sueur ?
Dans son travail, il ne fut pas avare;
Il vous donna de quoi faire son bonheur.
Mais aujourd'hui qu'il est dans la misère,
En rougissant, il demande son pain.
Il est trop vieux pour vivre de son salaire :
Honteux pour vous d'y voir tendre la main !
Ne croyez pas que c'était un prodigue
Plus que médiocre; il faisait son devoir.
Ce travailleur brisé par la fatigue,
Au cabaret n'allait jamais s'asseoir.
De l'ouvrier, c'était le vrai modèle ;
Tout son bonheur était de faire le bien...
Son chant plaintif a frappé mon oreille :
Vous rougiriez d'y voir tendre la main !

LE LIBÉRÉ

En rougissant, je passe sur la route,
Pieds nus, enfin recouvert de haillons.
Trop fatigué, et le chemin me coûte ;
De mon village, j'aperçois les maisons !
Dans ce pays, va-t-on me reconnaître?
J'en fus banni, chassé avec dédain,
Mais j'ai subi le supplice du traître :
Moi, libéré, faut-il mourir de faim?

Enfin j'arrive, et je frappe à la porte !
Qui êtes-vous? me dit un inconnu.
Mais j'ai besoin, hélas ! peu vous importe ;
Vous le voyez, je suis au dépourvu.

— Allez, vaurien, quel est ce misérable ?
Mendiant suspect, reste de galérien !...
Ayez pitié, je suis uu pauvre diable,
Moi, libéré, faut-il mourir de faim ?

Enfin, que faire ? la misère m'accable
Par tout le monde. Hélas ! je suis banni ;
Quand vient la nuit, je n'ai pas une étable ;
Je vais mourir de chagrin et d'ennui ;
Secourez-moi, donnez-moi de l'ouvrage !
Mon repentir doit me conduire au bien...
Hélas ! faut-il, dans mon pauvre village,
Moi, libéré, faut-il mourir de faim ?

Je suis maudit ; il faut briser l'entrave,
Quitter ce lieu pour un pays lointain.
Mieux vaut mourir que de rester esclave !
Où retourner, malheureux, je n'ai rien ;
Où de nouveau retomber dans l'abîme ?
Dans mon retour, je n'ai pas de soutien,
Mais j'ai tout fait, mon courage est sublime :
Moi, libéré, il faut mourir de faim ?

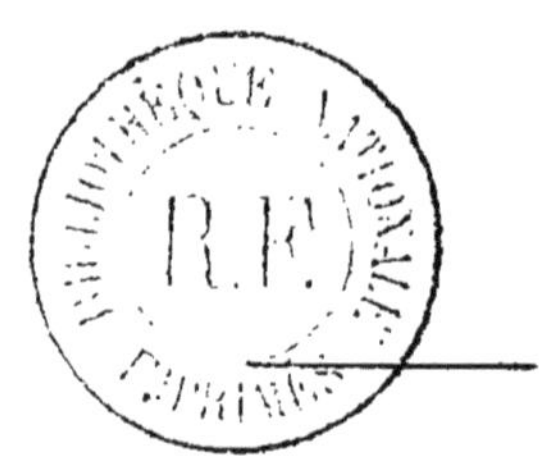

TABLE

Chartres. — Imprimerie Durand frères.

www.ingramcontent.com/pod-product-compliance
Ingram Content Group UK Ltd.
Pitfield, Milton Keynes, MK11 3LW, UK
UKHW022134190726
13855UKWH00003B/1153